삐따카니

빼딱하게 바로 보는
현실 공감 에세이

글 · 그림 서정욱

마음의숲

프롤로그

<선녀와 나무꾼> 이야기를 알고 있는가? 목욕하는 여인을 훔쳐보는 것도 모자라 벗어놓은 옷을 숨기고, 꼬드김과 협박을 통해 강제 결혼 후 아이까지 낳고 산 남자 이야기.

<심청전>도 읽어본 적 있겠지? 시각장애인에게 말도 안 되는 사기를 치는 스님이 등장하고, 검증되지 않은 계약을 덜컥 해버려 딸을 노예시장으로 팔려가게 만든, 심지어 마지막에는 나라에서 주최하는 잔치 음식을 먹겠다고 꾸역꾸역 한양으로 향하는 한심한 아버지 이야기.

그동안 우리가 알고 있던 여러 동화와 이야기들, 생각해보면 참 이상한 점이 많다. 인물들이 이해하기 힘든 행동을 하고, 말도 안 되는 에피소드가 전개되어도 대부분의 이야기가 권선징악으로 행복하게 마무리된다. '옛날에는 그랬나보지', '결국은 동화니까', '그냥 이야기니까'라고 생각하면 그래, 큰 무리는 없다.

그런데 말이다. 지금 우리가 사는 세상이라고 다를까?

누군가에게 발목 잡힌 현대판 <선녀와 나무꾼>은 없을까? 절박한 사람을 상대로 사기 치는 현대판 <심청전>은 존재하지 않을까? 아마도 이야기 거리가 많으면 많지, 적지는 않을 것이라 확신한다.

이 책은 우리가 사는 시대의 모습을 우리가 이미 알고 있는 동화나 이야기로 풍자했다. 왠지 내용이 심오하고 심각할 것 같다고? 그런 것을 기대했다면 조금은 미안한 마음이다. 절대 그렇지 않으니까. 매일 허둥대며 살아가는 보통 사람으로서, 누구나 한 번쯤 겪어봤을 이 시대의 이야기들을 풍자해 풀어놓았다. 조금은 삐딱한 시선으로.

나는 재미있는 것을 좋아하는 다소 헐렁한 사람이다. 그렇기에 이 책에서도 딱히 어떤 해결책을 제공하지는 않는다. 당연히 어떠한 지침도 없다. 그저 이 책을 읽는 독자들이 웃고, 가볍게 공감한다면 그것으로 족하다.

세상은
조금
삐딱하게 봐야
재미있거든.

차례

01 나를 찾아 삼만 리

02 이상한 나라의 샐러리맨

03 임금님 귀는 귀머거리

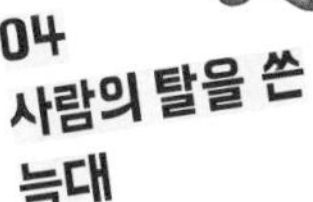

04 사람의 탈을 쓴 늑대

01

삐·따·카·니

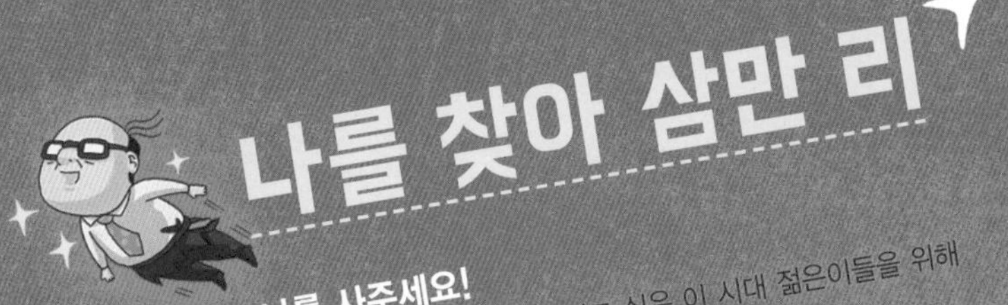

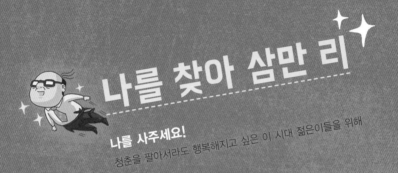

나를 찾아 삼만 리

나를 사주세요!

청춘을 팔아서라도 행복해지고 싶은 이 시대 젊은이들을 위해

정성스런 이력서 한 장에
성공한 내 모습을 꿈꿨다.
Victory

진심을 담은 면접에
따뜻한 미래를 소망했다.

그러나,
행복한 상상이 끝난 후,
그들에게 주어지는 것은
살을 에는 냉혹한 현실뿐.
아쉽지만,
불합격~~~
오후 05:05

"나를 사주세요."
"저를 뽑아주세요!"

나 하나 팔기에도
힘겨운 세상이지만
고군분투하는 젊은이들을 위해
조용한 파이팅을!

新 성냥팔이 소녀

아들은 콩쥐 vs 아내는 팥쥐

17

아내는 콩쥐 vs 남편은 팥쥐

남편은 콩쥐 vs 부장님은 팥쥐

부장님은 콩쥐 vs 사장님은 팥쥐

누구나 마음속에
팥쥐 한 명씩은 키우며 산다.

新 콩쥐 팥쥐

드디어 외제차 오너가 됐다.
바라만 봐도
배부른 이 기분을 아는가?
다소 무리는 했지만
뭐, 어떤가.
누가 뭐래도 난 외제차 오너인데.

주변의 시선이
썩 기분 나쁘진 않아.

옆에 누구를 태워봤냐고?
무슨 소리!
어떻게 마련한 차인데
아끼고 아껴 타야지.

다소 좀스럽단 얘기를
듣긴 하지만
뭐, 어떤가.
누가 뭐래도 난 외제차 오너인데.

솔직히 나도
차를 자주 이용하지는 않아.
어떻게 마련한 차인데
아끼고 아껴 타야지.

할부금에 유지비에
조금 고되긴 하지만
뭐, 어떤가.
누가 뭐래도 난 외제차 오너인데.

벌써 식사 시간이네?

오늘 점심 메뉴는
럭셔리한 김밥에 고~급진 라면.
오늘 저녁 메뉴는
고급진 김밥에 럭~셔리한 라면.

조금 무리한 탓에
부족하긴 하지만
뭐, 어떤가.
누가 뭐래도 난 외제차 오너인데.

뽀대가 낳은
우리들의 일그러진 자화상.

新 **자린고비**

길에서
마음에 드는
이성을 만났다.

번호를
물어볼까 말까
고민하는 당신.

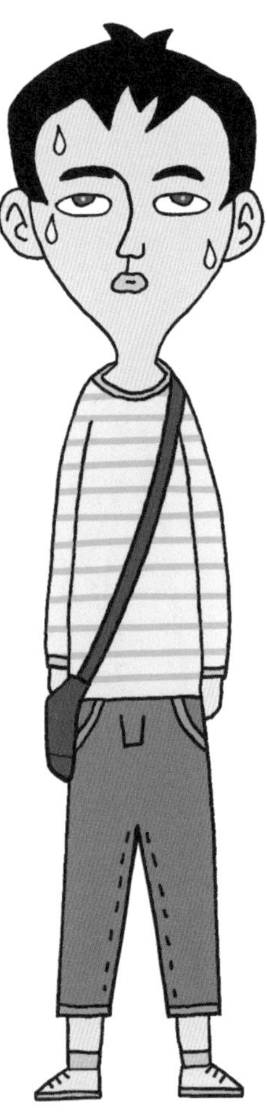

무난히
성사될 확률
50퍼센트.

격하게
퇴짜 맞을 확률
50퍼센트.

격하게 퇴짜 맞더라도
그 이성을 길에서 다시 마주칠 확률
0.1퍼센트 미만.

모험은
해볼 만한 것이다.
新 톰소여의 모험

PS. 대한민국 미혼 남녀 70퍼센트는 출근길 낯선 이성과의 로맨스를 꿈꾼다.
From. 모 신문기사

행복해지고
싶었다.

난 지켜야 할 것이
많았다.

열심히 일했고,
인정도 받았다.
연봉도 차근차근
높여나갔다.

그렇게 행복을
찾고 싶었다.
이것이 유일한
방법이라 여겼다.

오늘도
우리의 행복을 위해
달리고 또 달렸다.

동그란 눈망울,
활짝 핀 웃음.
소중한 내 아내와 아이들.
내게 힘을 주는
진짜 행복들.
그렇게 찾아 헤매던
행복의 파랑새는
바로 내 가족이었구나.
新 파랑새

어머머!

아야... 야

다치지 않았어요?
괜찮아요.
다친 곳은 없으세요?

사장실 문을 열고 나오는 그와
몸이 부딪쳤고
그가 눈치채지 못하도록
핸드폰을 힘껏 땅에 내리꽂았다.

괜찮냐고 묻는 그에게
최대한 연약하고, 상냥하게
"괜찮아요, 다친 곳은 없으세요?"
라고 대답했다.

그리고 오늘 저녁 약속이 잡혔다.

어차피 인생은
타이밍이니까.

新 **신데렐라**

아기돼지 삼 형제

삼 형제가 있었어요.
이들은 부모님의 유산을
각자의 방식대로 투자했죠.

첫째는 인재가 되겠다며
유학을 떠났고
전액 공부에 투자했어요.

둘째는 성공한 사업가가 되겠다며
전액 기술 개발에 투자했죠.

그리고
셋째는 부동산을 사들였어요.

형들은 미래를 위한 준비가 없다며
셋째를 못마땅하게 생각했어요.

몇 년 후,
불경기라는 광풍이 몰아쳤어요.
우수한 인재였던 첫째는
명예퇴직과 함께 광풍에 휘말렸어요.

성공한 사업가의
길을 걷던 둘째는
불경기 속 자금난과
대기업의 기술 유출로
부도와 함께
광풍에 휘말렸죠.

셋째?
불경기 광풍은
셋째의 단단한 부동산 배경을
날려버리지 못했어요.
그 후 형들은 셋째 밑에서
행복하게(?) 살았답니다.
현실인 듯 현실 같지 않은
현실적인 이야기.
新 아기돼지 삼 형제

삼장법사는
손오공이 못마땅할 때
주문을 외운다.

현실 속 이분께서도
못마땅할 때 주문을 외우지.

응...

...애

주문의 이유는 '배고픔'
주문의 내용은 "응애 응애"
아이고~ 머리야
빨리 우유를!
헉헉...
응애 응애 응애 응애 응애 응애 응애 응애 응애 응애 응애 응애 응애 응애 응애 응애 응애 응애

차이가 있다면
손오공에게는 복종을
우리에게는 사랑을
가져온다는 것.

新 서유기

현대인들은
평소 온순한 지킬이었다가도

어느 순간에
과격한 하이드가 되기도 하지.

현대인들은
평소 점잖은 지킬이었다가도

갑자기
용감한 하이드로 돌변하기도 한단다.

그런데
조금 난감한 점은 말이야.

우리의 하이드가
때와 장소를
잘 가리지 못한다는 것이지.

과격하고
용감한
정의의 하이드는

정작 그를 필요로 하는
현실 세계에서는
도통 보기가 힘드니….

新 **지킬 앤 하이드**

언제나 1등을 도맡아하는
친구 한 명이 있었어.
3 - 2
신기한 점은
특별한 노력은
안 하는 것 같은데
늘 1등을 유지한다는 거야.
머리도 좋고
공부에도
타고난 재능이
있었겠지.
MILK

어느 날 문득,
나는 승부욕이 발동했어.

공부로 한 번은 그 친구를
꺾어봐야겠다 결심했어.
노력은 재능을 뛰어넘는다는 진리를
증명해 보이고 싶었지.

난 밤낮으로 공부했어.
나름 시험 대비 전략도 세웠지.

느리지만 꾸준히~
노력해나갔어.
결과로 보여주리라
마음을 다잡았지.

그리고
마침내 그 결과가 나왔어.

여전히 그 녀석은 1등이었어.
나?
내 점수는 여전히
그 점수 그대로였지.
[기말고사]
석차 20/25
수학
사회
영어
30
25

우직한 노력이
재능을 앞선다는 말은

그냥 동화 속 이야기 아니겠어?
푸하하하하.

新 토끼와 거북이

흥!
나보다 공부도
못했었는데!
와
이야,
너 대표라며?
승진 축하~
짝짝
흥!
예전엔
내 후배였는데!
찰칵
찰칵
흥!
예전엔 내가 더
잘 나갔었는데!
흥!
학교 다닐 땐
매일 나한테 맞고
다녔는데!
배달
1
2
3

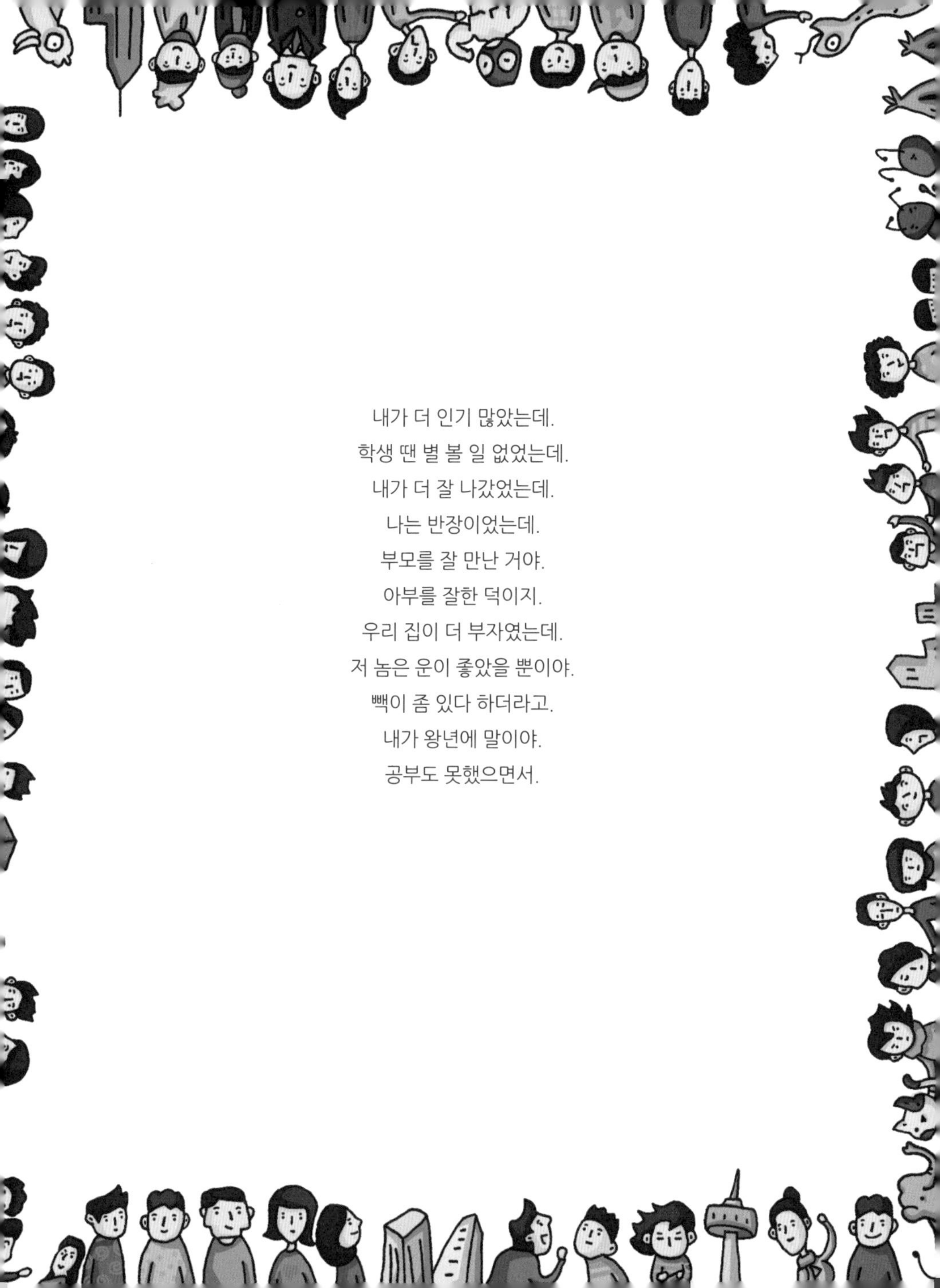

내가 더 인기 많았는데.
학생 땐 별 볼 일 없었는데.
내가 더 잘 나갔었는데.
나는 반장이었는데.
부모를 잘 만난 거야.
아부를 잘한 덕이지.
우리 집이 더 부자였는데.
저 놈은 운이 좋았을 뿐이야.
빽이 좀 있다 하더라고.
내가 왕년에 말이야.
공부도 못했으면서.

과거에 어떤 모습이었든

적어도
못난 오리 새끼는
되지 맙시다.

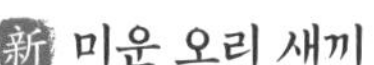

新 미운 오리 새끼

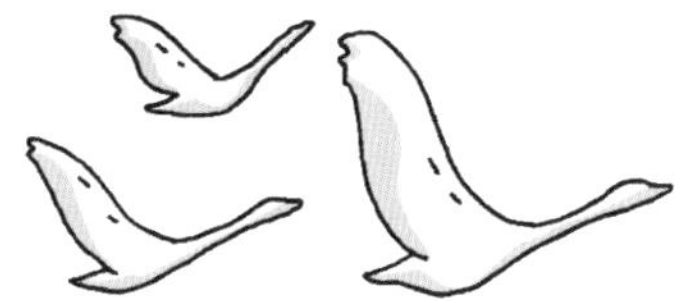

우리 남편은
꿈꾸는
Dreamer.

어쩌다 액션 영화라도 보는 날엔
주인공과 같은 날렵함을 꿈꾸고

간만에 올림픽이라도 하면
선수와 같은 강인함을 꿈꾸며

우연히 퀴즈 프로라도 보게 되면
출연자와 같은 영민함을 꿈꾼다.

하지만
우리 남편은
진짜 꿈만 꾸는
Dreamer.

며칠 안 가 소파 위의
진짜 Dreamer로 복귀.

사람이 변할 수 있다는 것은
착한 동화 속에서나
할 수 있는 이야기.

新 **스크루지 영감**

청개구리

성공한 사람들의 공통점은
평범한 것과 보장된 길을 거부한다는 것.

보통 사람과는 반대로 향하는
청개구리 같은 구석이 있다는 것.

우리는
그들의 강연이나 어록을 통해
우리 역시 남다른 길을 갈 것을
다짐하고, 또 다짐하지.

그러고는 다시,
남들처럼

학원 가고
대학 가고
토익 보고
토플 보고
연수 가고
스펙 쌓고
면접 보고
취직하고
대리 달고
과장 되고
부장 되면
결국에는
퇴직하는…
똑같은 삶을 반복하지.

말 안 듣는
청개구리는
도대체 어느 쪽일까.

新 청개구리

아빠는
뭐든지 할 수 있어?
물론이지~
아빠는 전지전능하잖아~

그야 식은 죽 먹기지~ 뭐든 말만 해.
그럼 나, 가방 사줘!
나는 차!
나는 용돈!

듬직하고, 당당하고, 용감하고, 전지전능한
아빠의 뒤에는
연약하고, 겁 많고, 나약하고, 힘들어하는
아빠의 진짜 모습이 숨어있다.

그저,
가족 사랑이란
마음 하나로
버티고 있을 뿐.
新 오즈의 마법사

양量 : 세거나 잴 수 있는 분량이나 수량.
분량이나 수량을 나타내는 말.

스펙이 몇 개야? 몇 등이야? 몇 개 맞혔어?
얼마 벌었어? 차는 몇 대야? 실적은 얼마나 올렸어?

모든 것을 양으로 평가하는 우리.

많은 양이
행복으로 인도할 것이라
굳게 믿는 우리.

그래서 더 많은 양에
집착하는 우리.

그리도 좋아 보이는 양들이
결국 삶을 힘들게 만들고 있음을
모르고 사는 우리.

新 양의 탈을 쓴 늑대

삐·따·카·니 02

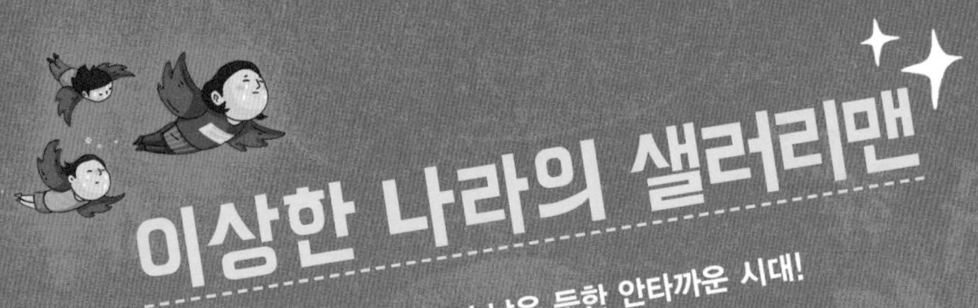

이상한 나라의 샐러리맨

목적은 사라지고 수단만이 남은 듯한 안타까운 시대!

목적은 사라지고 수단만이 남은 듯한 안타까운 시대!

목적은 사라지고

밥벌이에 허덕이며 책임감에 펄떡이며
그럼에도 꿋꿋하게 버티는 어른들을 위해

"얘들아~ 얘들아~"

"이 세상에서 가장 웃긴 사람이"

"누구지?"

"아휴~ 당연히 부장님이시죠!"

인기 많은 상사를 갈망하는 우리 부장님.
매일 반복되는 확인 질문과
오늘도 여지없이 꺼내드는
웃기지도 않는 '살인적 익살 본능' 앞에서
나는 한 번 더 자신을 속인다.

마음속 양심보다
살아남는 것이 중요하니까.

新 **백설공주**

인턴만 1년째.
그들은 이곳에서 쌓은 경험이
흔치 않은 기회라고 했다.

인생의 기회는
올 때 잡아야 한다고,
우리도 열정을 보이면
정직원이 될 수 있단다.

돈?
우리 나이에
그것은 중요하지 않단다.

오히려
우리에게 돈을 받아도
모자르다고 한다.
왜? 기회를 줬으니까.

무조건 열심히 하란다.
열정, 그놈의 열정을
얼마나 보여줄 수 있는지가
가장 중요하다더라.

바쁜 와중에도
우리의 열정을 체크해주시는
왕원장 선생님께
항상 고개 숙여
감사하란다.

얼굴 한 번 뵌 적 없는
왕원장님이긴 하다만….

그래,
당신들이
늘 이야기하던
그분을 위해,

목숨 바친
열정노동이라도 해서
매출의 종소리를
청명히 울려드려야
만족하실 건가.

新 은혜 갚은 까치

시작은
사소한 것에서 시작되었다.

이번 프로젝트는
이러저러하니까,
내 아이디어로 가지.
부장님, 그것은
이러저러 저러한 이유 때문에
문제가 있을 듯합니다.

부장님의 의견에
문제가 있어 보여
이의를 제기했는데

순식간에
분위기가 경직되어버렸다.

그 이후로….

인사를 해도
받는 둥 마는 둥

말도 안 되는 트집에

눈조차
마주치지 않는 냉랭함.

아~
이건 확실하다.

지난번 회의 때,
자기 의견에 토 달았다고
복수하는 게 틀림없다.
어떻게 달래줘야 하나…
까꿍 까꿍이라도
해줘야 하나?

회사는
아이 같은 어른들이 놀고 있는
영원한 네버랜드.

나는
그들을 토라지게 만드는
후크 선장.

新 피터팬

우리 회장님들의
자서전을 '탐독'해보면

어떠한 상황이든
예견하고 내다보는
'영험한 능력'의 소유자이고

실패와 좌절은
인생이 주는 즐거운 기회라 생각했다는
'초긍정 터미네이터 마인드'에

가끔 던지는 말 하나에도
중요한 의미를 담는
'탁월한 이론 능력'

거기에,
모두를 가족으로 품는
'따뜻한 마음씨'까지 있으신 듯

정말…
'알'에서
태어나기라도 한 것인가?

新 단군신화

우리 이제 회합의
정치를 합시다!
좋습니다~ 회합!
기자회견장으로
가시죠.
허 허~
허 허~
허~
허~ 허~

국민을 외면하는
이기적인 정당과는
함께 못합니다!
찰칵
찰칵
찰칵
......
허허

다시,
상생의 정치를!
좋은 생각입니다~
회견장으로.
허허~
허~
허~
허~

나… 원…
한심한 정당하고는
도저히!
…
허…
찰칵
찰칵
찰칵

어디 가서
오찬이나 하시죠.
좋습니다.
허~
허~
허~
허~
허~
허~
찰칵
찰칵
찰칵

속이고, 골탕 먹이고,
폭로하고, 되돌려주고,

목적은 사라지고
수단만이 남은 듯한
안타까운 시대.

新 여우와 두루미

오늘 밤

열정과 의리로 뭉친
남자들의 결의가 이루어진다.

다음 날
응?
박 대리,
회의 준비 아직인가요? 서둘러요.
요즘 개인 평가 기간인 거 알죠?
현식 씨,
자료 아직인가요?
이런 식이면 과장님께
보고 할 수밖에요.
그럼, 규정대로 하세요.
저도 놀고 있진 않습니다.

그날 밤

으…응?

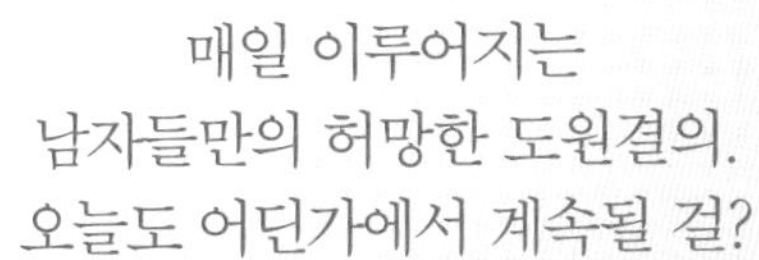

매일 이루어지는
남자들만의 허망한 도원결의.
오늘도 어딘가에서 계속될 걸?

新 삼국지

내 딸이야~

어느 날 낙하산으로
강림하신 그녀.
컴퓨터? 모른다.
한국어? 모른다.
복사, 당연히 관심 없다.
예절은 애초에 갖다 버렸다.
무엇을 하고 싶은지도 모르겠다.

아~무것도 모른다.
아~무것도 관심이 없다.

그녀는 분명,
머나먼 별에서 온 외계인일 것이다.
아무렴~ 그렇지 않고서야
이렇게 아는 것이 하나도 없을 수가 있는가!

분명한 것은 우리 부장님께서는
그 외계의 힘을
너무도 두려워한다는 사실.

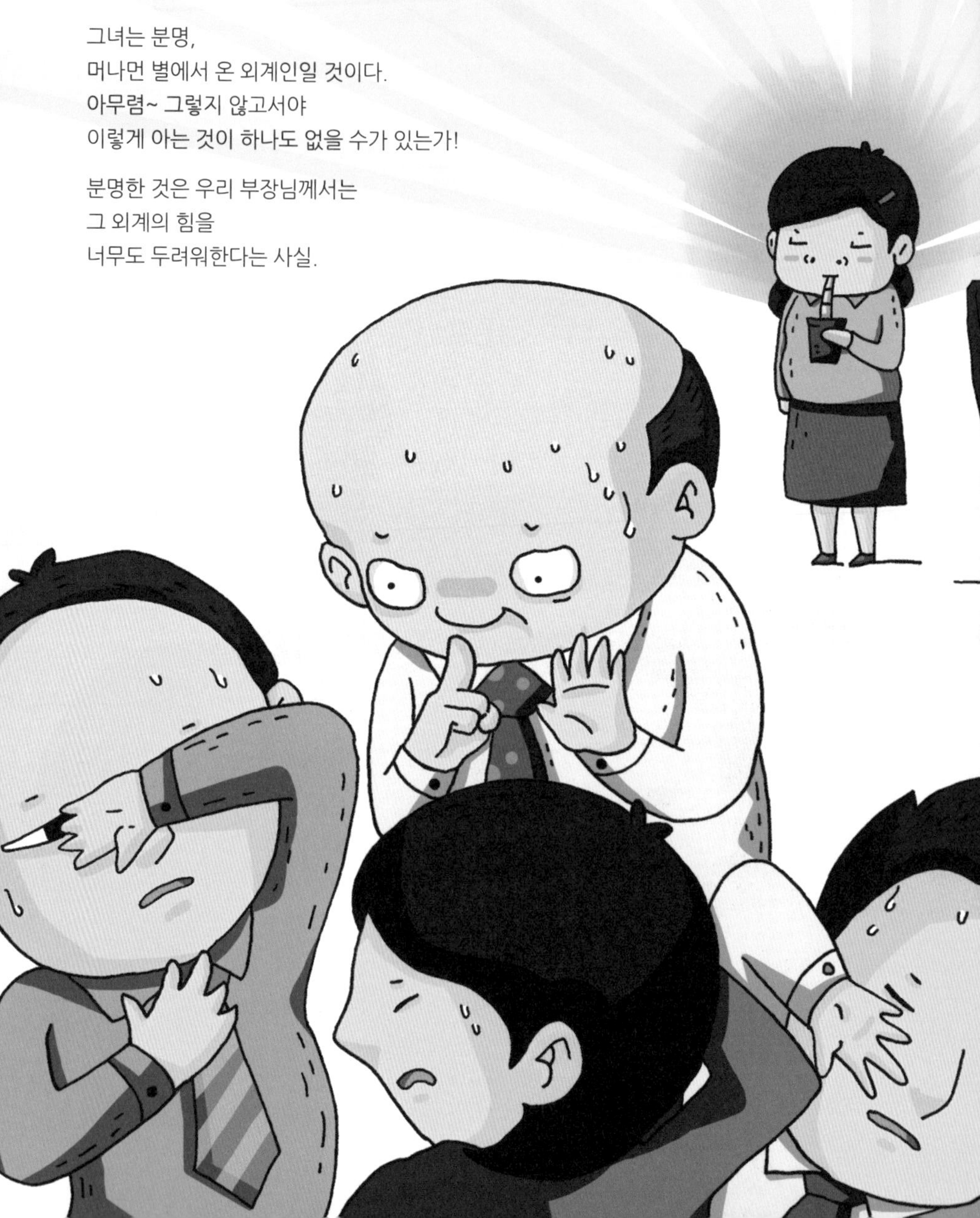

췟…
영화 속 외계인은
자기네 별로
다시 돌아가기나 했지.

新 ET

나는 걸리버.
집에서는 가족의 기대를
한껏 받는
소인국 속의
위대한 걸리버.

나는 걸리버.
직장에서
자꾸만 작아지는
거인국 속의
초라한 걸리버.

집에서는
가족들의
든든한 버팀목이 되어야 하는 나.

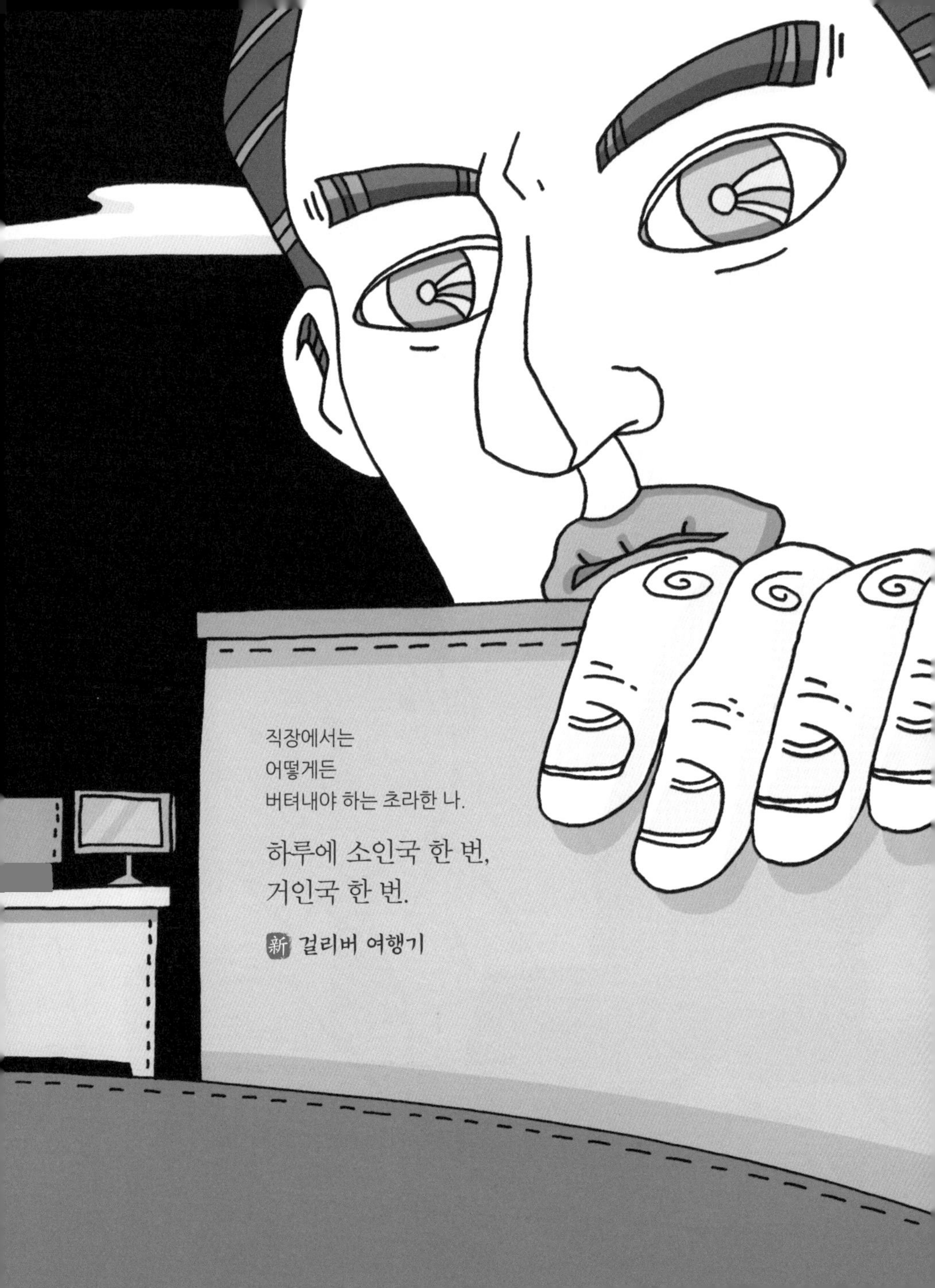
직장에서는
어떻게든
버텨내야 하는 초라한 나.
하루에 소인국 한 번,
거인국 한 번.
新 걸리버 여행기

이번 프로젝트만 잘 되면
자네를 승진시켜주지~!

진짜 이번 프로젝트만
잘 되면 자네를
승진시켜주지~!
이번 일만 잘 넘기면
승진시켜주지~!
승진~
프로젝트!
이번 일~
승진!
이번 일만~
잘 되면!
승진~
보상~

응…?
벌써 지친 거야?
이젠 뭐 없어?

"이번 프로젝트만 잘 되면
자네를 승진시켜주지…."
"이번 일 잘 넘기면
섭섭잖게 보상해주겠네."
처음엔 내 청춘을 원했고,
다음엔 퇴근 시간이 무색한
저녁 없는 삶을 원했고,
다음엔 가족과 함께 보내는
주말 시간까지 원했다.
그렇게 모든 것을 바쳐 일했지만,
더 내놓을 것이 없어지자
나는 무참히 버림받았다.
오늘도 아빠를 기다리며 잠들었을
나의 해님, 달님들.
나는 무엇 때문에
해님, 달님을 보지도 못하고
달렸던 것일까.
新 해님과 달님

자~ 돈까스,
파스타, **순댓국** 중에
어떤 것으로 할까?

파스타 어떠세요,
부장님?

순댓국이 낫지 않아?
이런 날씨엔
순댓국이 최고인데….

어제 그제 계속
순댓국이었는데….
다른 건 어떠세요?

그런데 자네…
말투가 그게 뭐야?!
그리고 오전의 그 보고서는
왜 그 따위야!
마음에 안 들어!
특히 종이 무게가 마음에 안 들어!

아하하

네?

답은 정해져 있을뿐.
우리는 대답만 했어야 돼.

사회생활에 대한
지극히 현실적인 조언.

新 금도끼와 은도끼

어휴~ 바빠~ 시장 분석이다 뭐다
근데!, 넌 작가인지 뭔지
아직 하냐?

[디리링~
네, 여보세요?
생각 잘 해~
너도 큰물에서
놀아야지~
와…

네, 과장님!
아메리카노 둘… 라떼… 모카…
네, 네!? 복사요? 했습니다.
지금요? 아, 아닙니다.
올라가겠습니다.

언제까지 그런 일을 할 거냐며
걱정해주던 내 친구.
큰물에서 놀아야 한다고
우정 어린 충고를 아끼지 않던 내 친구.

친구의 주력 업무는
상사의 취향을 고려한 커피 배달,
그리고 정교한 복사.
특히 스피드가 생명이다.

그래서 항상 바빴…었나…?

新 시골 쥐 서울 쥐

탕비
그거 알아?
예전에 말이야,
부장님이 사실~
@!*&%$x"…!

쉿!
이건 진짜 너만 알고 있어야 돼!
꼭!
탕비실

며칠 후….

부장님이 사실~ @!x“”…! 쉿… 쉿… 너만 @!x“”…! 부장님이 사실~ @!x“”…! 너만 쉿 그거 알아?
쉿… 쉿…@!x“”…! 그거 알아? 쉿… 쉿… 소곤…
부장님이 사실~ @!x“”…!
쉿… 쉿… 쉿… 소곤… 그거 알아? 소곤… 너만
그거 알아? 부장님이 사실~ 너만 쉿… 부장님이 사실~ @!x“”…! 소곤…

"이건 진짜 너만 알고 있어야 돼!"

친구에게 부장님의 비밀 이야기를
털어놓은 것이 문제였다.

무덤 속까지 비밀을 보장받았던 그 이야기는
돌고 돌아, 일주일 만에 다시 내게로 돌아왔다.
그것도 다른 사람을 통해.

친구는 이야기한 적 없단다.
다른 사람들도 이야기한 적 없단다.
그 누구도 이야기한 적 없단다.

그래…
바람이 이야기했구나.
바람이….

부장님이 옥상에서 잠깐 보자고 하시네.

新 임금님 귀는 당나귀 귀

공주는
바다왕국에 가끔 들르는
인간들이 궁금했다.

그들이 무엇을 하는지는 모르지만,
어쩌면 저들이야말로
넓은 세상에서 꿈을 펼칠 수 있게 도와줄
진정한 친구일지 모른다는
생각이 들었다.

"그래, 이건
하늘이 준 기회야!"

공주는 인간들과
미래를 함께 하기로 마음먹었다.
그들이 있는 곳을 향해
가슴 벅찬 희망의 지느러미질을 했다.

"오래 기다렸어요!
여러분과 친구가 되고 싶어요!"

공주는 그들에게 다가가
아가미를 뻐끔이며 소리쳤다.

인간들은
다음과 같이 대답했다.

싹-둑
그리고
보글보글.

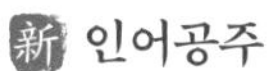

우리는
자네가 보유한
핵심 기술이 필요해.
빼내 준다면
섭섭지 않게 해드리지.

그렇다면,
내 목을 걸어야 한다는 얘긴데
솔직히 당신이
어떤 사람인지도 모르겠고.

일단, 큰 것 두 개 받지.
핵심 기술 빼오면 우리 쪽
큰 자리 하나 준비해놓겠네.
툭

속고 속이고
빼 먹고 이용하고
서로 먹고 먹히는
비즈니스 전쟁.
누가 어떻게 속이느냐에 따라
그들의 생존이 결정된다.
확실한 사실은
좀 더 똑똑하고
좀 더 대범한 이가
승리한다는 것.
新 토끼의 간
기술만 받고
쓸모없어지면
잘라버려야겠어.
받을 거
최대한 받아내고
다른 곳으로
옮겨야겠어.

어릴 적 내가 읽었던
<개미와 베짱이>

3년 전 첫째 딸이 읽었던
<개미와 베짱이>

작년에 둘째 딸이 읽었던
<개미와 베짱이>

대략, 30여 년 후
내 손주들이 읽을
<개미와 베짱이>

과거에도 현재에도 미래에도
개미는 계속 일을 하고
베짱이는 계속 놀고먹겠지.
씨…

이것은
개미처럼 일하는
샐러리맨들의 현실 보고서.
新 개미와 베짱이

삐·따·카·니 03

임금님 귀는 귀머거리

세월과 세상이 원수다!

내가 삐딱한 건지, 이 세상이 삐딱한 건지
자꾸만 주먹을 부르는 우리 현실을 위해

안녕, 친구야!
너하고 난
정말 비슷한 게 많은 것 같아.

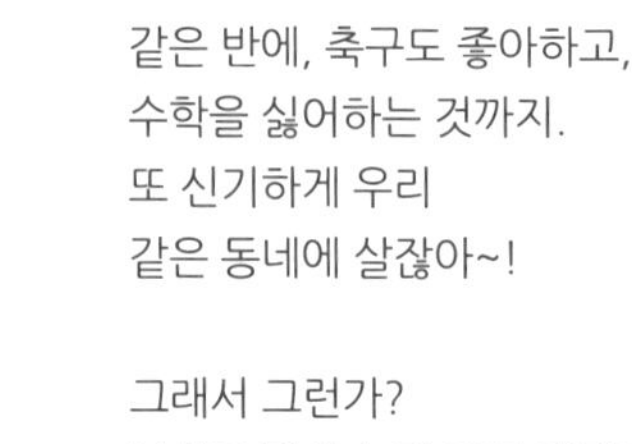

같은 반에, 축구도 좋아하고,
수학을 싫어하는 것까지.
또 신기하게 우리
같은 동네에 살잖아~!

그래서 그런가?
너하고 같이 놀면 진짜 재밌다!

그런데
미안하지만
이젠
너랑
같이 놀기 힘들 것 같아….

이유는 잘 모르겠어.

그냥….

엄마가 너하고 놀지 말래….

新 로미오와 줄리엣

그분이 오셨다~아!
번쩍

자네들~
연예인 해볼 생각 없나?
대표

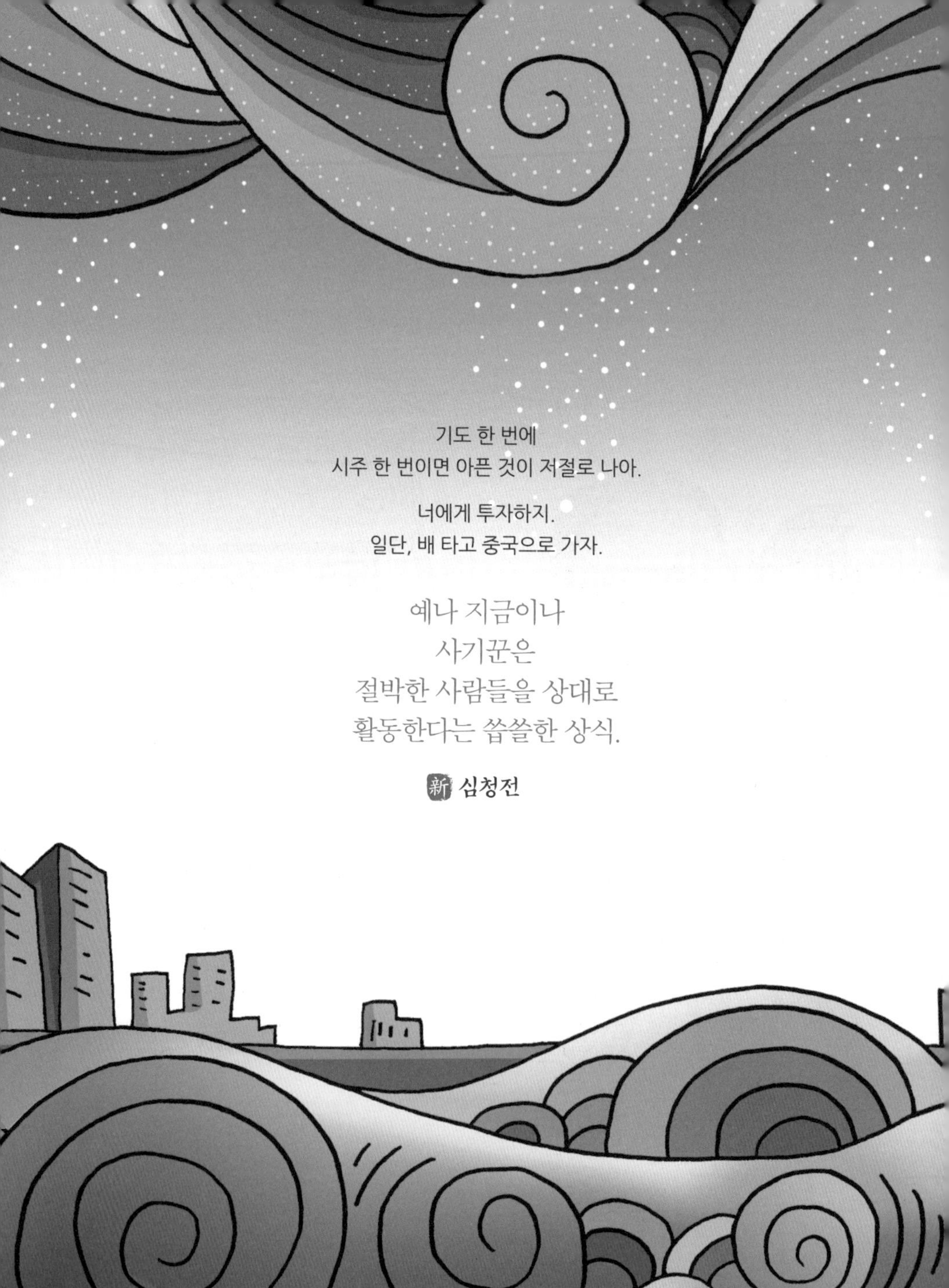

기도 한 번에
시주 한 번이면 아픈 것이 저절로 나아.

너에게 투자하지.
일단, 배 타고 중국으로 가자.

예나 지금이나
사기꾼은
절박한 사람들을 상대로
활동한다는 씁쓸한 상식.

新 심청전

Oh~
Yesterday was
really busy.
Hi~
Today's weather is
truly good.
How about
a sandwich
for lunch?
US

철… 썩…

왜 때려!
너 뭐야!
뭐야! 미쳤어?
경찰 불러!
어머 별꼴이야!
US

솔직히,
굴러가는 게 신기한
이상한 나라.

新 이상한 나라의 앨리스

Mommy~
왜?

When are we
go home?
몰라~

I don't want to go home….
안 가!

아빠는 견우, 엄마와 아이는 직녀.
그들을 이어주는 오작교는 달러.
태평양을 사이에 두고
1년에 한 번 볼까 말까.

가끔 직녀가 해후를 거부하는
불상사가 발생하기도 한다는
유쾌하지만은 않은 현실.

세월과 세상이 원수다.

新 견우와 직녀

미녀와 야수 이야기가
완벽하게 완성되려면

첫째,
야수의 성은
반드시 야수 본인의 명의일 것!

둘째,
미녀는 정말로
예~쁜 자연 미인일 것!

미녀와 야수의 이야기는
지금까지도 현재 진행형.

新 미녀와 야수

정말,
미안해….

괜찮아요.

미안해….

괜찮아요….

우린 아직
준비가 안 됐거든.

네.
그래도
그동안 참 좋았어요.

이러고 싶지는 않았어.
진심이 아니라는 거 알지?

네….
원망은 안 해요.
그래도 참 많이 슬퍼요.

우리
다음에 꼭 만나자.
그땐 정말 잘해줄게.

안녕….
엄마, 아빠….

나는
엄마를 엄마라고
아빠를 아빠라고
부르지 못했다.

인간이 할 수 있는
가장 잔인한 행동

낙태.

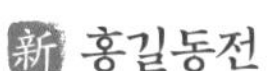

아이를
잃어버렸다.

한 해 실종 아동 2만 명.

세상은 시간과 함께
변하고 발전했지만,
엄마, 아빠의 시간은
그날 멈추었다.

잠들어버린
그분들의 시간을
다시 깨우기 위해서는
LovE

우리의 애정 어린 관심이
절실히 필요할 것 같다는
딸 가진 아빠의 소박한 생각.

新 잠자는 숲 속의 공주

이번 겨울 필수 아이템은 부츠!
어머~ 몰랐어? 너만 안 샀어!
패션 좀 안다고 하려면 이 정도는 해야지.
늦으면 사기도 힘들어. 빨리 사.

요즘 이거 없는 사람도 있냐?
DSLR.
나는 카메라를 늘 갖고 다녀.
나? 사진 좀 찍지~
하하하.
야! 이거 빨리 찍어,
찍어서 올려!

승현 엄마,
거기 학원 아직도 몰라?
공부 좀 한다는 애들 다 있잖아.
요즘 특목고 필수 코스래.

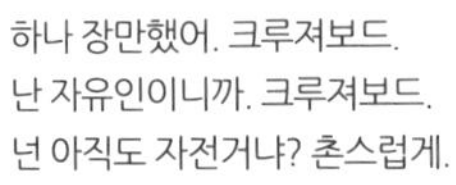

하나 장만했어. 크루져보드.
난 자유인이니까. 크루져보드.
넌 아직도 자전거냐? 촌스럽게.

아무나 안 받는대요.
등록도 선착순이래.
○○동, ○○동에서도
애들이 온다잖아.
△○ 학원
역시, 자연 속 캠핑이 최고라니까.
그거 알아?
자연에선 고기 맛도 달라.
에이… 캠핑 장비가 그게 뭐냐.
새것 하나 사.
어때? 폼 나?
그 선글라스는
옛날 스타일이에요.
남들 다 하는데,
나만 안살 수는 없지.
예전 것? 음…
유행 지나서 못 쓰겠더라고.

요즘 부동산
여기가 대세잖아.
큰돈 만지려면 부동산이야.
알잖아.
High risk High return.

오우~ 딱 내 스타일이네.
요즘 스타일이
내가 좋아하는
스타일이야.
근데, 이거 세일은
언제 하나?

프랑스 요리는 김셰프.
중국 요리는 박셰프.
한식은 최셰프지!
어머! 와, 진짜
맛있겠다!
어디 시식 한번~

트렌드라는 이유로
시대에 뒤떨어질 수 없다는 이유로
아무 생각 없이 따르는
기나긴 행렬의 선두에는

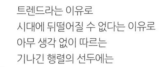

결국,
대자본의 논리가 있다는
의구심을 지울 수가 없다.

新 피리 부는 사나이

아아~~아

아아~~아~아
와글 와글
우르르르
우르르

수리
언어
사탐

새 학기가 시작됐다.
'애 타는 엄마' 몰려든다.

지금 해야 안 늦는다.
내년이면 늦는단다.

강사 외침 시작됐다.
'애 타는 엄마' 닥달한다.

학원 강사 위협 신호
'애 타는 엄마' 몰려든다.

그렇게 따라가면
삶이라는 정글의
왕자라도
될 수 있는 것인가.

新 타잔

슈퍼맨

출근길
옆에서 느껴지는
범접할 수 없는 포스.

나는 슈퍼맨을 보았다!

나를 앞질러 가는 것은 용납하지 못한다.
뒤처지면 지는 거야!
슈퍼맨의 승부욕!

난 뛰는 게 아니야.
그냥 걷고 있을 뿐이야.
하지만 사실 뜀박질에 가깝다!
슈퍼맨의 파워!

전혀 힘들지 않아.
평소에도 이렇… 게… 걸어 헉헉!
힘든 내색은 없다!
슈퍼맨의 여유!

일상에서 우린,
반드시 이겨야 직성이 풀리고
양보라고는 도통 모르는
나 홀로 슈퍼맨들을 심심치 않게 만난다.

이해하기 힘든
슈퍼맨들의 세계이긴 하지만

그래도
우리 슈퍼맨들이
힘내고 건강하셨으면 좋겠다.

지금의 세상은
슈퍼맨의 희생과 활약으로
만들어진 곳이니까.

新 **슈퍼맨**

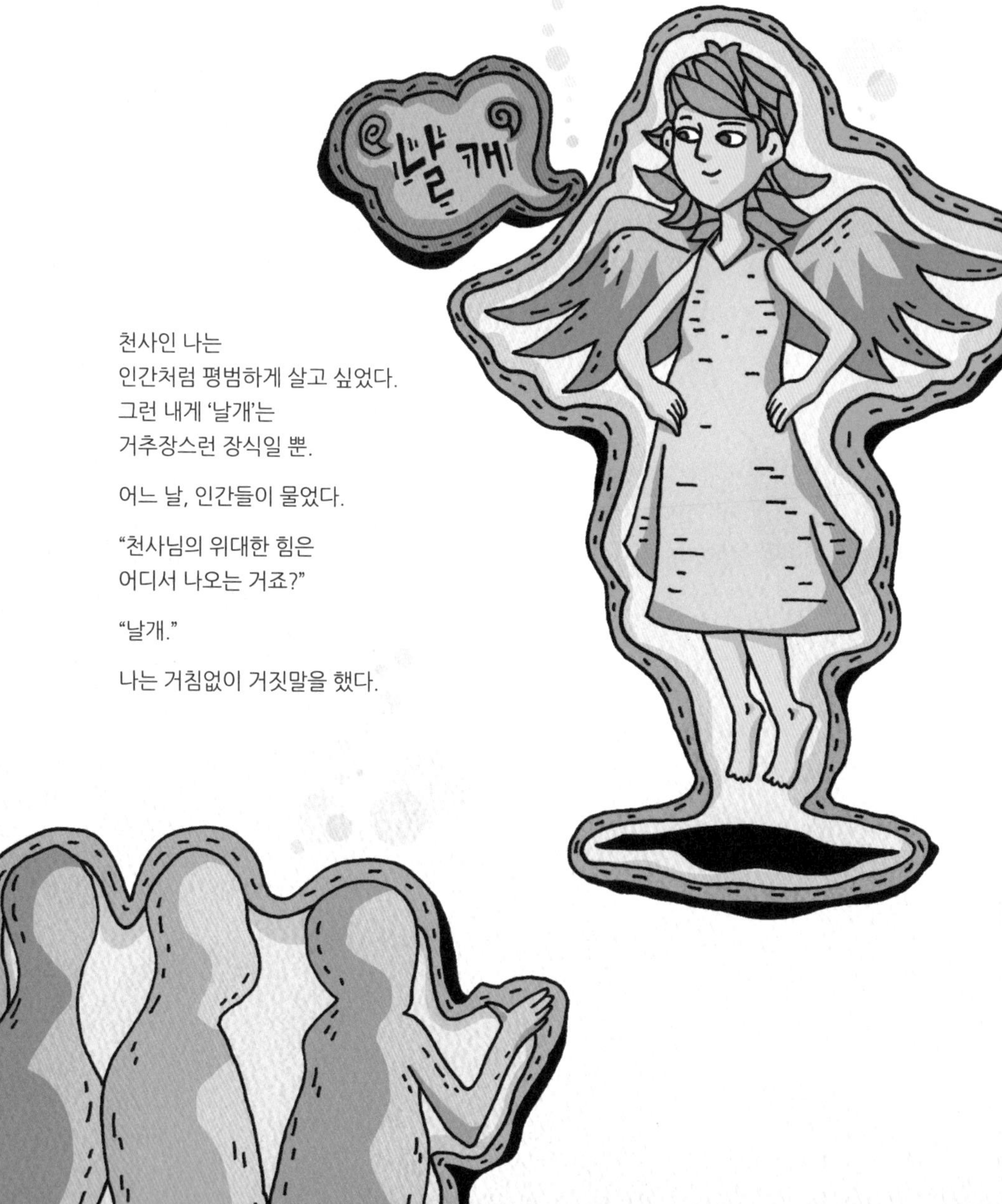

천사인 나는
인간처럼 평범하게 살고 싶었다.
그런 내게 '날개'는
거추장스런 장식일 뿐.

어느 날, 인간들이 물었다.

"천사님의 위대한 힘은
어디서 나오는 거죠?"

"날개."

나는 거침없이 거짓말을 했다.

인간들은 나의 '날개'를 원했고,
나는 속으로 쾌재를 부르며
못 이기는 척 그것을 내주었다.

그런데 놀랍게도
인간들은 내 '날개'를 받아
그들만의 '날개'를 새롭게 만들었고
문명을 발전시켰다.

오래가지 않아
인간들은 다시 찾아왔다.
그러고는,
겨우 '날개'를 떼어냈던 내게
자신들이 만들어낸 '날개'를
답례라며 다시 달아주었다.

좋은 것이든
나쁜 것이든
하나를 내놓으면
다시 하나를 얻게 된다는 진리.

인생은 Give & Take

新 혹부리 영감

성형이요?
성형 같은 건 한 번도
생각해본 적이 없어요.

아마도
운동으로 한 다이어트 덕에
코 윤곽이 예쁘게
드러난 것 같아요!
역시 다이어트에는
운동만한 것이 없다니까요.
호~ 호~ 호~ 호~

엄마
빨리 집에 가자!
찰칵~
으응~ 그래!
펑
펑

이렇게 그녀의 코는
조금 더 높아졌다.

新 피노키오

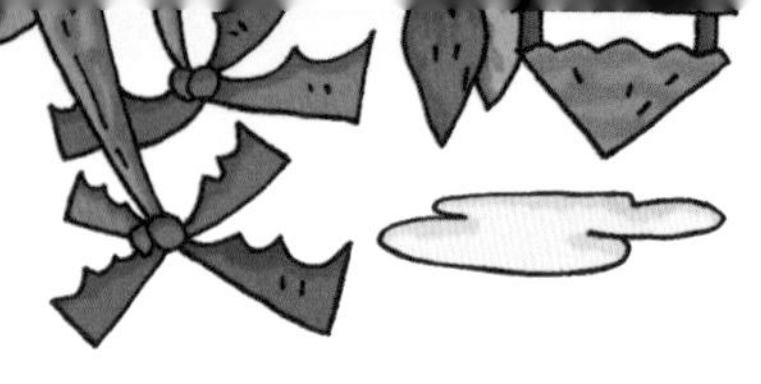

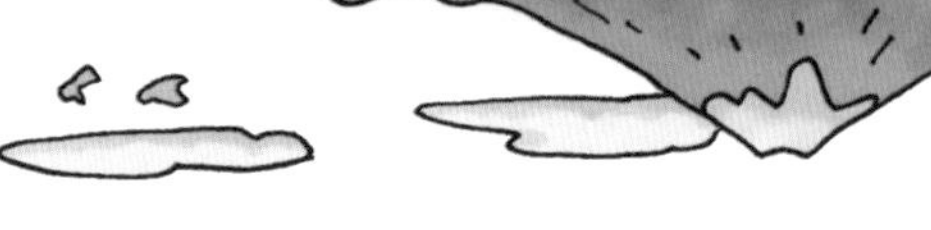

고향에서 만난 한국 친구들
한국 도착해서 모두 가버렸어요.
시간 없다고 가버렸어요.

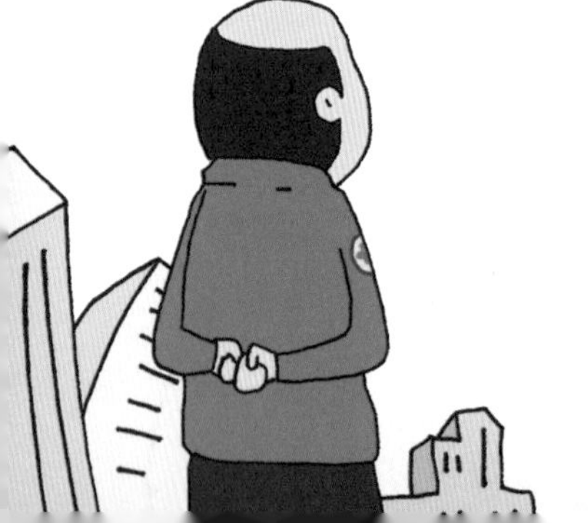

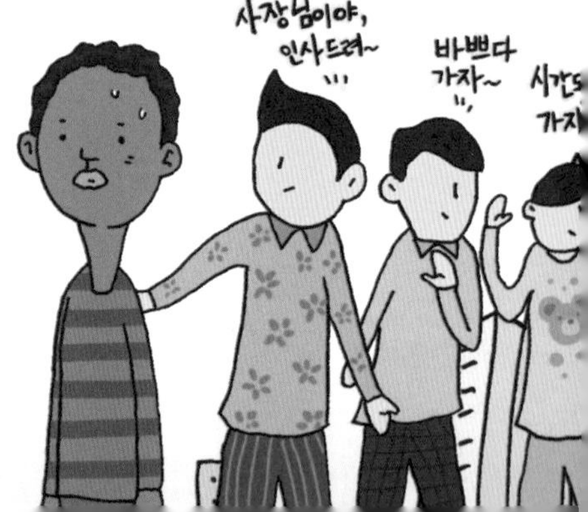
사장님이야,
인사드려~
바쁘다
가자~

한국, 처음 왔어요.
혼자 있으니 무서웠어요.
그때 만난 한국 사장님,
먹여주고, 재워주고,
취직시켜준다 했어요.

사장님, 우리들 행복하다고 얘기했어요.

사람들, 우리 행복한 줄 알고 있어요.

나, 일 많이 했어요.

사장님, 돈 안 줬어요.

고향 갈 때 여권 있어야 하는데,

사장님, 숨기고 주지 않았어요.

집에 가고 싶다 했어요.

여권 달라 했어요.

사장님, 아직 때가 안 됐대요.

막, 화냈어요.

안 된대요.

난… 고향 언제 갈 수 있나요.

新 선녀와 나무꾼

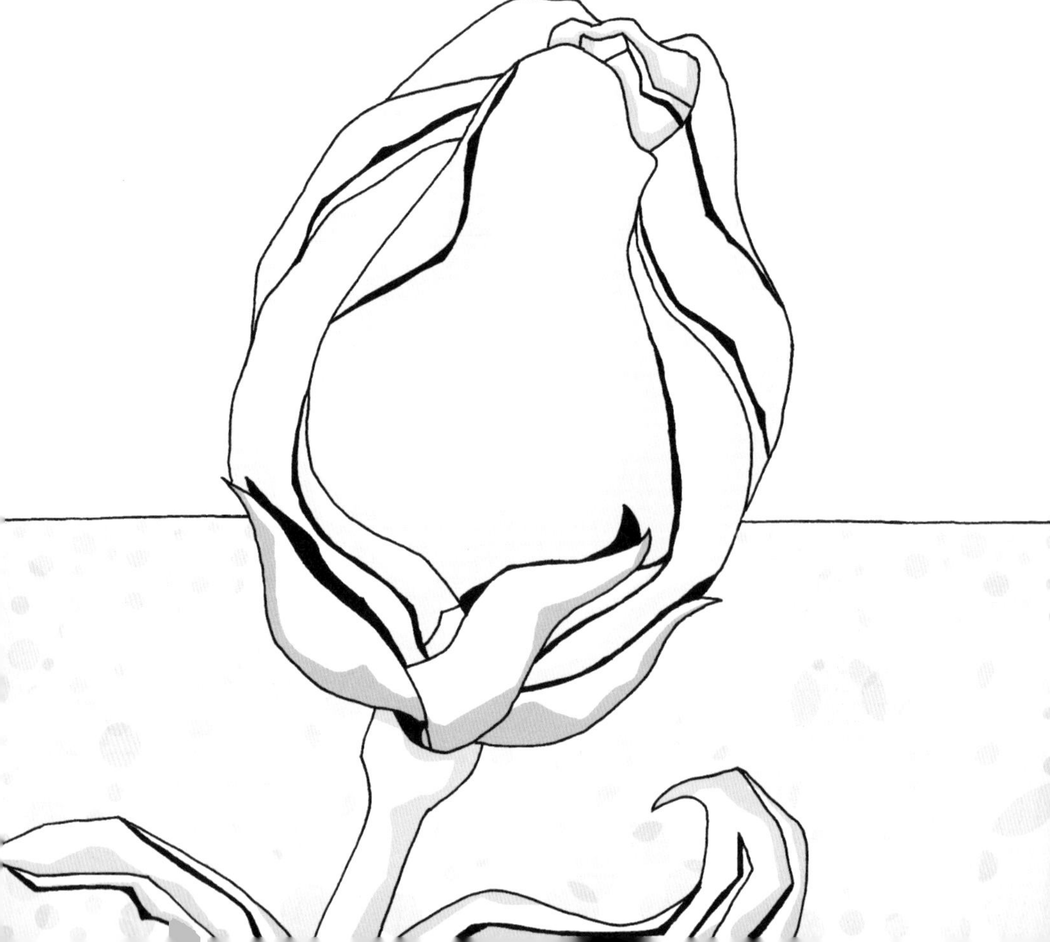

예쁘다고
꺾어볼 생각 말아라.

행여,
주머니 속 더러운 돈으로
살 생각 말아라.

꽃이다.
아름다운 꽃으로 보아라.

언젠가는 향기를 만들고
언젠가는 희망을 만들어갈
기특한 공주들이 자리 잡은
고귀한 꽃이다.

지켜주자.
지켜보자.

新 엄지공주

많은 역경을 겪으며
감동과 슬픔을 준
불쌍한 개, 파트라슈.

동물을 가족으로 여기는 현대사회에서
그들을 함부로 대한다는 것은
있을 수 없는 일이지.

그저,
TV나 동화에서나 볼 법한….

그런
이야기일 뿐이지.

한 해 버려지는 유기견 10만 마리.
그중 2만 마리는 안락사.
보호소에 맡겨진 후
안락사까지 걸리는 기간은 단 10일.

新 플란다스의 개

PS. 휴가를 위해 막내 하나쯤 버리는 거야 일도 아니겠지.
막내야 어차피 돈 주고 다시 장만하면 되니까.

04

삐·따·카·니

사람의 탈을 쓴 늑대

불행은 우리가 가진 것을 하찮게 여길 때
욕심이란 놈과 함께 찾아온다!

끊임없이 남과 비교하며
남 욕, 남 눈치, 남 걱정만 하다가
정작 내 인생을 돌아보면 더 꿀꿀하고 불행한
나를 위해, 그리고 당신을 위해

어머니,
너무 보고 싶었어요.

죄송해요.
늘 바쁘다는 핑계로
오랫동안 찾아뵙지 못했죠.

그동안
우린 너무 멀리 떨어져 있었어요.
오늘은, 오늘만큼은
멀리 계신 어머니를
꼭 만나러갈 생각입니다.
Train

우리 아이들도
어머니의 따스한 사랑을
마음껏 느낄 수 있겠죠.

어머니, 잘 다녀올게요.
딱, 일주일이에요.

어머니도 간만에
손주들과 좋은 시간을 보낼 수 있으니
얼마나 좋아요.

자식들이 오랜만에
부모를 찾을 때는
다 이유가 있다.

新 엄마 찾아 삼만 리

시대를 막론하고
나쁜 남자는 언제나 존재했다.

시대를 막론하고
그놈에게 당하는 여인들도
항상 존재했지.

그놈을 처음 만났던 날,
설렘으로 두근거렸던 울림이

마음속 '자명고'가 건네는
경고였다는 걸
왜 몰랐을꼬.
新 호동왕자와 낙랑공주

여자가 늙으면
필요한 것 다섯 가지.
돈, 친구, 건강, 딸, 찜질방.

남자가 늙으면
필요한 것 다섯 가지.
부인, 아내, 마누라, 집사람, 와이프.

그렇다면…

일편단심이
필요한 쪽은
과연
누~구?
新 춘향전

친구야,
많이 힘들지?
잠 못 자고
피곤해하는
네 모습을 보니
마음이 불편하다.

그래서 말인데,
너의 힘겨운 짐을 앞으로
내가 짊어질까 해.

친구야,
참 쉽지 않은 세상이다.
하지만 너도 힘든데
그렇게 할 수는 없어.
넌 잠을 줄이게 되겠지….
스트레스도 많아질 거야.
친구로서 그럴 수는 없어.

우린 친구잖아!
차라리 그 짐, 내가 짊어질게.

친구야,
공부라는 짐은
내가 짊어질게.
너는 그냥 놀아~
너는 계속 푹~ 쉬어~
공부 같은 건 하지 마.
앞으로도 쭉~ 쭉~
공부 많이 했어?
아~ 어떡하지.
어제 깜빡 잠들었네!
하하하.
큰일이네~
나도 어제 잠들어서.
공부를 하~나도 못했네.
아하하하.

이것이
요즘 학생들의
'우정방식'이란다.

피식….

만약에 말이야
휘익~ 휘익~
이~랴~

'온달'의 내조를
'평강공주'가 아닌

아주 평범하고 평범한
여자가 했었더라면.
이ㅆ엽~!

그랬어도
온달이 영웅이 될 수 있었을까?
新 바보 온달
다그닥
아빠~
어때~?
뭐
그런대로~

다수의 남자들 曰

특히~
눈이 똑같다고…
하하하.

으~악!

그래~
네가 누구와 비교하던
확실히 닮은 구석 몇 가지는 있다.

눈 '두 개'
코 '한 개'
입 '한 개'
손가락이 '열 개'네!

新 양치기 소년1

PS. 만나기 전, 자신이 특정 연예인과 닮았다고 말하는 남자는
만나지 않는 것이 정신 건강에 좋습니다.

다수의 여자들 曰

자신의 대딩 친구들은
99퍼센트가 인기 많단다.

그리고
차마 좋은 이야기를 해 줄 수 없는
나머지 1퍼센트에겐
'분위기 있다' 혹은 '매력 있다'라는
아름다운 수식어를 부여한다.

그런데!
어째서!
그녀가 해주는 소개팅에는
'분위기' 있고 '매력' 있는 친구들만 나오는 것일까!

나머지 99퍼센트는
이민이라도 가버린 걸까?

新 양치기 소년2

오늘은
민낯 훤~히 드러낸
노메이크업.

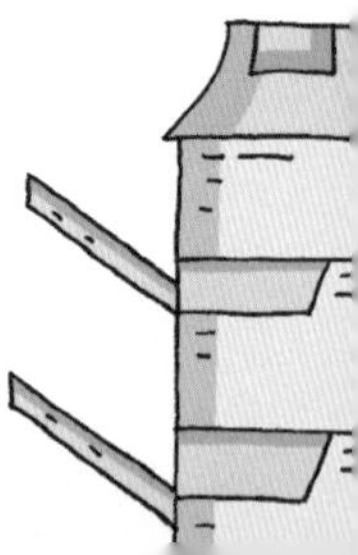

여자 동료들의
호들갑스런 한마디.

뒤를 이은
남자 동료의 촌철살인 한마디.

저기… 누구세요?
아줌마, 여기 들어오시면
안 돼요!

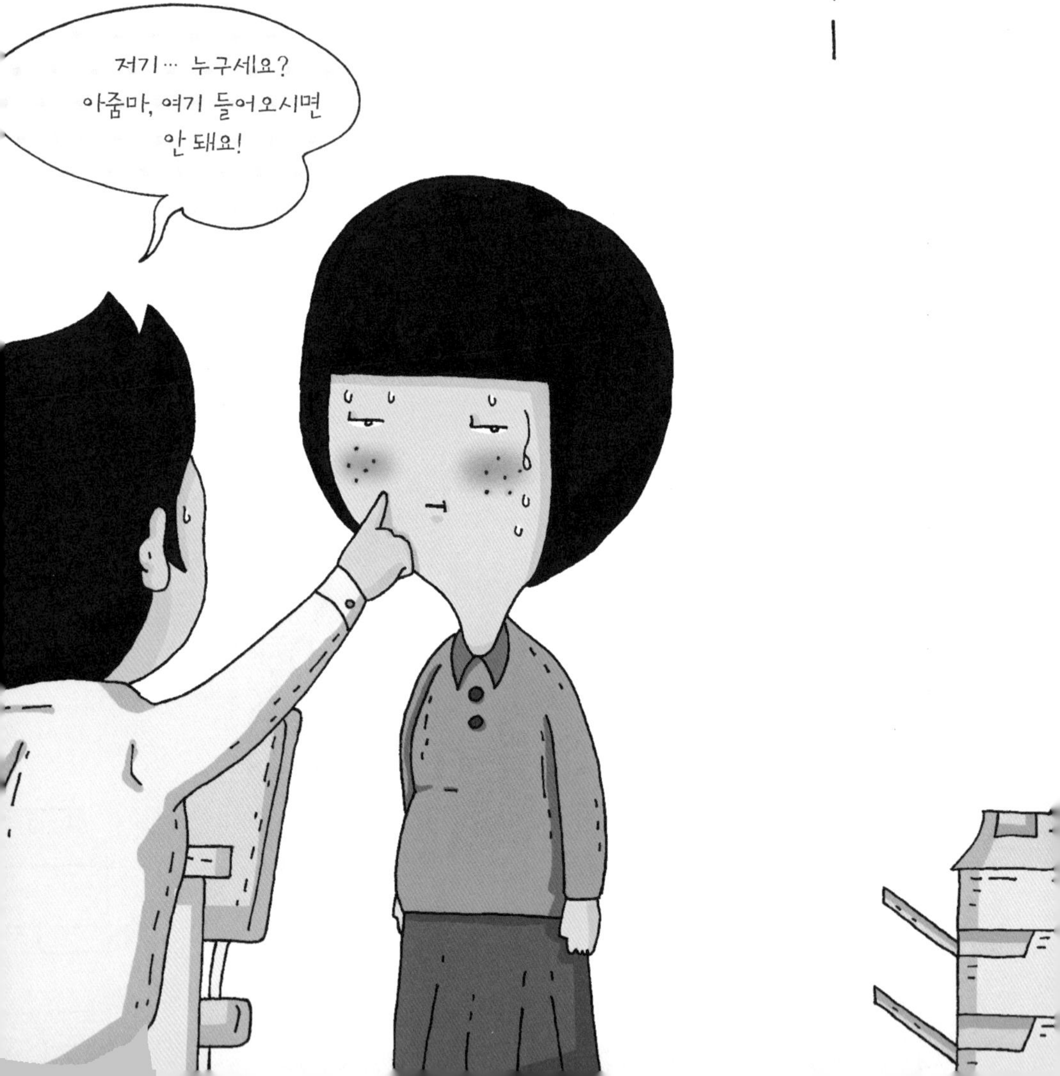

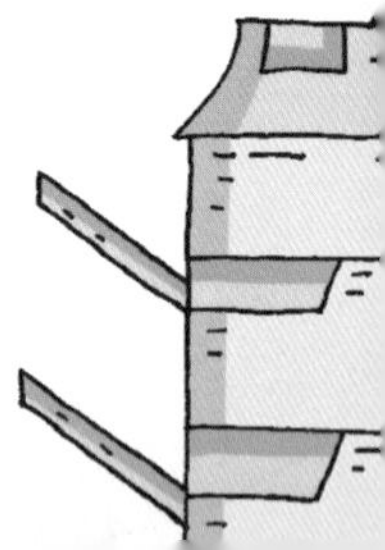

역시, 여자의 적은 여자.

新 벌거벗은 임금님

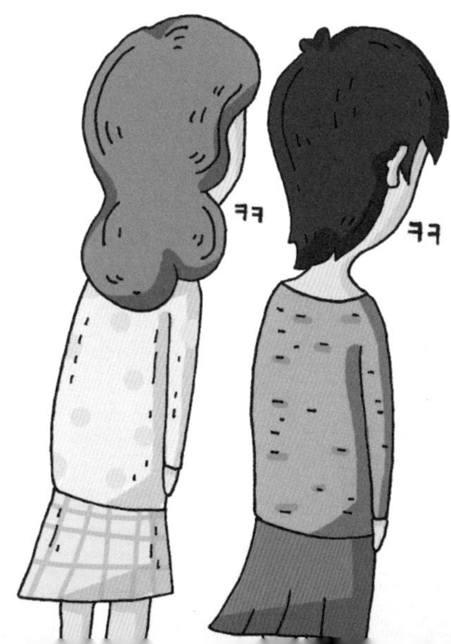

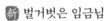

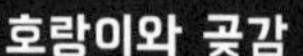

그녀와
가슴 뛰는 사내 연애를
남몰래 시작했다.

착하고 순수한 그녀를
평생 지켜주리라
다짐했다.

하지만
그녀에 대해
이러쿵~ 저러쿵~
이야기하는
동료들의 쑥덕임을
우연히 듣게 되었고.

그녀에 대한
나의 믿음은
너무도 쉽게 무너졌다.

날 속여?
분노를 도저히 잠재울 수가 없다.
더 이상 들을 필요도 없다.
그녀와는 이제 끝이다.

직접 확인하지 않고
부딪쳐보지도 않고
'썰'로 판단해버리는 우리는
무지했던 호랑이와 무엇이 다를까.

新 호랑이와 곶감

솔직히 마음속으로
조금은 무시했던
친구 한 명이 있었어.

그런데 이 친구가
전생에 나라를 구했는지
덜컥 복권에 당첨됐지 뭐야.

동시에 주식투자, 도박까지
하는 것마다 대박을 쳐서
인생을 완전 역전시켰지.

이런… 이야기들 가끔 들어봤지?
뭐, 그런 사람들이 있었다고 치자.

그런데 말이야.

Hey~
그렇다고
멀쩡한 당신이
인생 역전을 위해 같은 길을 가겠다고
생각하는 건 아니겠지?

불행은
우리가 가진 것을
하찮게 여길 때

욕심이란 몹쓸 놈과
함께 찾아온다는 사실.

기억해.
알아듣기는 쉽지만
쉽게 이해하지 못하는
중요한 진리.

新 흥부와 놀부

안아줘.
업어줘.
지켜줘.
먹여줘.
씻겨줘.
가르쳐줘.

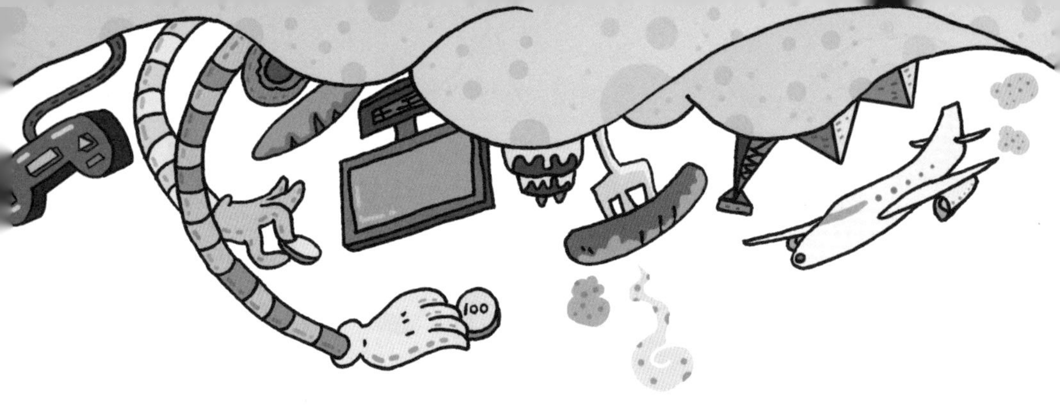

밥 줘.
사줘.
보여줘.
놀아줘.
읽어줘.
말해줘.

도와줘.
돈 줘.
조용히 해줘.
방해 말아줘.
참견하지 말아줘.
문 닫아줘.

이젠 그만
나가줘.

어떤 요구를 해도
어떤 이야기를 해도
램프의 요정은
주인을 바꾸지 않는다.
이 요정의
또 다른 이름은
'엄마'
新 알라딘의 램프

모임 때마다 날 빼놓던 친구들로부터
'소개팅 주선'이 밀려오기 시작했다.

하는 둥 마는 둥
가벼운 목례만으로 지나치던
남자 후배들의 '선배님'이란 호칭은
어느새 '형'으로 바뀌어있었지.

요즘 부쩍 늘어난 여자 후배들의
“오빠 밥 사주세요”라는 애교도
썩 나쁘지만은 않다.

대기업 입사가 좋긴 좋구나.
'합격'이란 말 한마디에
사랑받는 존재가
될 수 있다는 게.
新 루돌프 사슴 코
[합격증]
자네~ 내 밑에서
한번 일해보게~
○○년 ○월 ○일
대표 회장 王

시험 기간이 다가오고 있었어.
누군가의 노트 필기가 절실했지.
그때, 그 녀석이 내 눈에 들어왔어.
볼품없는 우등생이었지만,
확실한 건 나를 좋아하고 있다는 사실이었지.

그 녀석은 노트를 빌려주는 대신,
나와 데이트하길 원했어.

급한 마음에
난 흔쾌히 약속했지.

다행히 시험은 잘 넘겼어.
녀석이 내가 했던 약속 이야기를 꺼냈어.
아, 그 약…속?
사실 난 애당초 약속 따윌 지킬 마음이 없었어.
별 볼일 없는 남자와 데이트하는 건
좀 그렇잖아?
내가 그래도 퀸카인데.
나는 그 녀석을 피해 다녔어.
제풀에 지쳐 떨어지겠지.
다 다… 다…

녀석도 좀 화가 났는지
나에게 과하게 요구했어.
창피함에 감정이 상한 나는
그 녀석을 벽으로 밀쳐버렸지.
사람들 앞에서 망신을 당해서인지
그 뒤로 날 다시 찾지 않더라고.
조금 미안하긴 했지만
차라리 잘됐지.
별꼴이야~
어디 손을 대!
탁
쿵

도련님
도련님
……
그러던 어느 날,
힘없이 걸어가는 그 녀석을 봤어.
그 모습을 보고 나서
아! 내가 얼마나
몹쓸 짓을 했는지
깨닫게 되었어.
나, 반성하고 있어.
진짜 후회해….
엄청 후회하고 있다고!
新 개구리 왕자

그들이 G를
처음부터 괴롭힌 것은 아니었어.

돈 몇 푼 빌려가고
물건 몇 개 빌려가도
별다른 이야기를 안 하니까
차츰 G가 만만해 보였던 거지.

점점 액수는 커졌고,
아예 대놓고 물건을 가져갔어.
나중에는
G의 덩치 큰 외모를 놀리며
괴롭히기까지 했지.

어느 날이었어.
그들을 향해 G의 분노가 폭발했어.
힘으로만 본다면
당연히 그들은 G의 상대가
되지 못했지.

돈 좀 있고,
힘 꽤나 있다는
그들의 부모가 몰려왔어.

원인은 그들이 제공했지만
그들과 부모들, 학교까지
G를 처벌의 대상으로 지목했지.

결국 G는
무고하게 처벌을 받았어.

꿈 많은 아이였는데,
싹이 잘려버렸지.

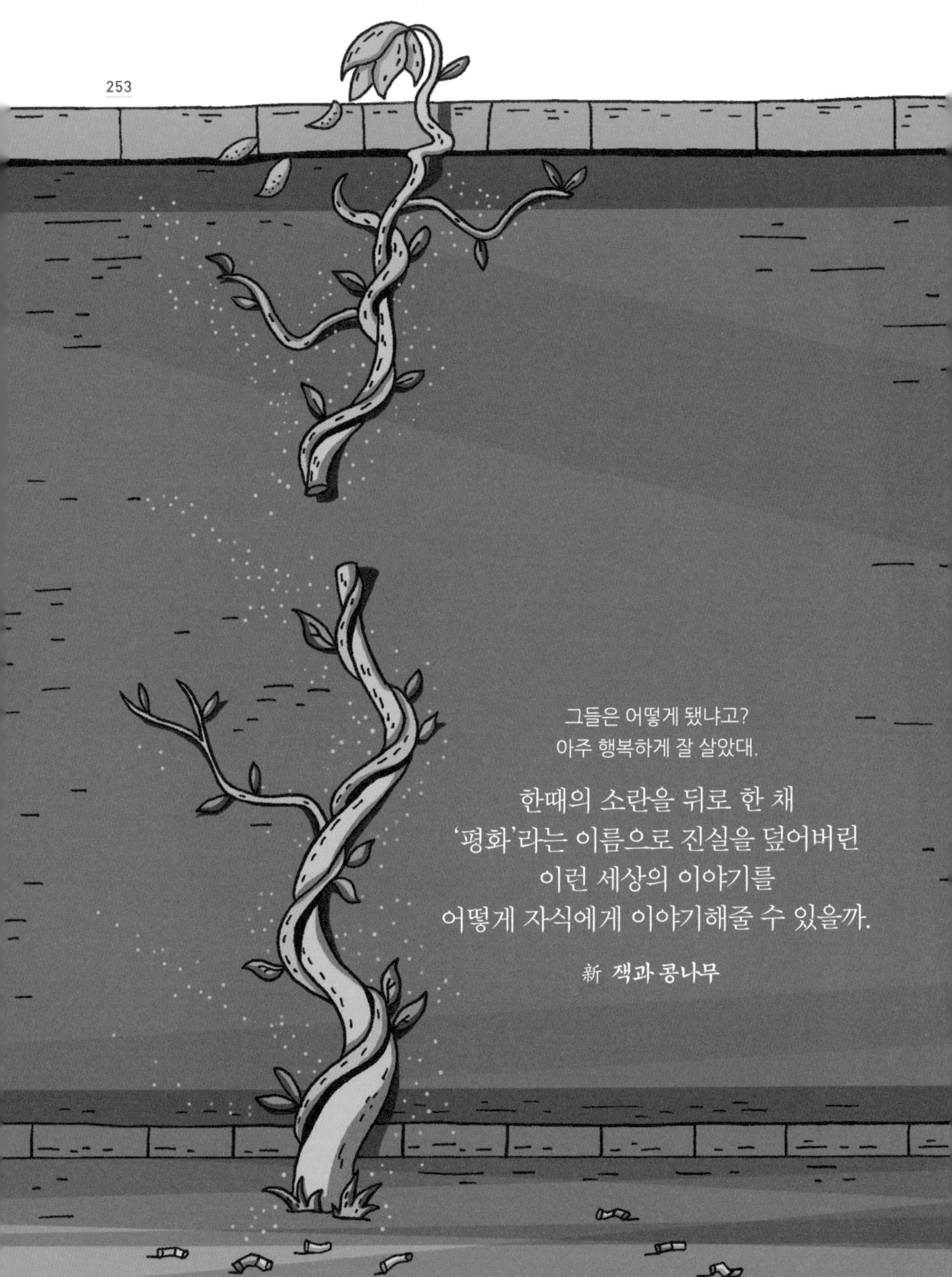

그들은 어떻게 됐냐고?
아주 행복하게 잘 살았대.

한때의 소란을 뒤로 한 채
'평화'라는 이름으로 진실을 덮어버린
이런 세상의 이야기를
어떻게 자식에게 이야기해줄 수 있을까.

新 **잭과 콩나무**

나?
최고의 학벌,
수많은 스펙,
유창한 외국어까지.
뭐 하나
빠지지 않는 인재지.
면접이야
그저 형식일 뿐.

면접관들의 호의적인
질문과 눈빛이 쏟아졌지.
예상대로였어.
그런데 한 가지
불안한 것이
있긴 해….

고딩 때 쪼~금 괴롭혔던 찌질이 한 명이
글쎄, 이 회사 사장이더라고.
짜식 많이 출세했더라?
면접 결과?
설마 별일이야 있겠어?
다 지난 일인데.
별일 없을 거야.
하하하하….
착하게 살아라.
과거의 행동이
현재의 너를 만드니까.
新 토끼의 재판

에필로그

동화책을 읽어주다가 이 책의 시작을 결심했다.

두 딸에게 감사드린다.

마음속 가장 큰 기둥이 되어주었다.

공 여사에게 감사드린다.

시작할 수 있는 격려와 용기를 주었다.

친구들에게 감사드린다.

따끔한 충고도 있었다.

동료들에게 감사드린다.

이야기의 소재가 떠올랐다.

좋은 기억을 준 선배들에게 감사드린다.

이야기의 소재가 또 떠올랐다.

아주 나쁜 기억을 심어준 선배들에게도 감사드린다.

제목에 대해 고민이 많았다.

의견을 주고, 의견을 모아 주신 분들께도 감사드린다.

작업하는 동안 잘 참아주었다.

낡고 낡은 내 컴퓨터에게도 감사드린다.

묵묵히 기다려주셨다.

마음의숲 관계자 여러분께 감사드린다.

혹시, 이 책을 통해 약간의 공감과 웃음을 느끼셨다면

독자분에게도 정말정말 감사드린다.

생각해보면 혼자가 아니었다.
생각해보면 혼자만의 힘이 아니었다.
많은 분께 감사하다.

항상 감사하고 살자.
세상은 혼자 사는 것이 아니니까.

빼따카니

글·그림 서정욱

1판 1쇄 인쇄 2015년 12월 3일
1판 1쇄 발행 2015년 12월 10일

발행인 신혜경
발행처 마음의숲

대표 권대웅
편집 송희영, 김보람
디자인 고광표
마케팅 노근수, 황환정

출판등록 2006년 8월 1일(105-91-03955)
주소 서울시 마포구 동교로 144-13(서교동 463-32, 2층)
전화 (02) 322-3164~5 | 팩스 (02) 322-3166 | 페이스북 facebook.com/maumsup
ISBN 978-89-92783-98-9 (03810)

마음의숲에서 단행본 원고를 기다립니다.
따뜻하고 생동감 넘치는 여러분의 글을 maumsup@naver.com으로 보내주세요.

이 도서의 국립중앙도서관 출판시도서목록(CIP)은 e-CIP홈페이지(http://www.nl.go.kr/ecip)와
국가자료공동목록시스템(http://www.nl.go.kr/kolisnet)에서 이용하실 수 있습니다.
(CIP제어번호: 2015032913)